KB185471

모든 만남은
이별을 품는다

모든 만남은
이별을 품는다

송이현 지음

좋은땅

작가의 말

저는 수필 작가로 등단했습니다. 수필도 시처럼 그림을 그리듯 함축적으로 쓰는 것이 좋다는 말을 들었습니다. "시는 말하는 그림이고, 그림은 말 없는 시"라는 말처럼, 수필에서도 함축과 상징의 중요성을 느끼며 시를 배우기 시작했습니다.

지난 1년간, 수필 같은 시인지, 시 같은 수필인지 모르겠지만 100여 편의 글을 썼습니다. 시인의 마음으로 세상을 바라보니, 시 아닌 것이 없다는 깨달음을 얻었습니다. 긴 글이 아니어도, 짧은 글로도 세상을 말할 수 있다는 사실이 놀라웠습니다.

많은 시를 쓰면서 열정이 식기 전에 시집을 출간해 보고 싶다는 생각이 들었습니다. 누구나 글을 쓸 수 있고, 누구나 시인이 될 수 있다는 믿음을 전하고 싶었습니다. 시를 통해 내 주변을 돌아보고, 지나온 시절도 되돌아보게 되었습니다.

이 시집은 독자들과 함께 시의 세계를 나누고 싶은 마음으로 출간되었습니다. 저를 시의 길로 이끌어 주신 춘천수필문학회장님께 깊이 감사드리며, 따끔한

충고로 저를 단련시켜 주신 이영춘 선생님께도 감사의 마음을 전합니다. 또한, 제 글을 읽어 주고 변함없이 지지해 준 남편에게도 고마움을 표합니다.

이 시집이 독자들에게 작은 울림과 위로가 되길 바랍니다.

목차

4부

1부

행복한 시간

고슴도치 부부의 사랑

우리는 고슴도치 부부
평행선으로 달리는 기차를 타고
바라보지 못하고 달리기만 하지
손이 닿을 듯해도 멀어지는 것은
가시 돋친 말들 부메랑 되어 오고
여름 소나기처럼 변덕스럽던 사랑은
구름이 덮인 날의 햇살처럼 숨었고,
칼로 물 베기 같은 다툼은
행복한 기억을 잊은 채,
진정 행복했던 적 있느냐며
날을 세우던 우리
함께 웃던 그날들이 떠오릅니다
첫 만남의 설렘과 심장의 쿵쾅거림,
아이의 첫 울음소리에 기뻐했지요
주머니에 아이를 넣고 출근하고 싶다던 행복
그 시절, 모든 순간이 눈부시게 살아납니다
가시 속에서도 우리는 서로를 품고,
언제나 그렇듯,

삶은 도돌이표처럼 반복되겠지만,

고슴도치 부부의 사랑은

파뿌리가 될 때까지 함께일 겁니다

가시방석

나뭇잎처럼 가벼운 새 한 마리가
잣나무 꼭지에 앉아 있다
바람에 흔들리는 가지에 곡예사처럼 아슬아슬
언제쯤 날아갈까
고집스럽게 너를 지켜본다
30여 분이나 지나도 누구를 기다리는지
기도하는 사람처럼 미동도 하지 않는다
기도를 하기 위해 앉아 있는 나는
시작도 되기 전 산더미 같은 잡념
가시방석인 양 들썩거리는데
흔들리는 가지 위에서도 돌부처 같구나
바람 한 점 없는 공간에서 나는 흔들리고
방해하는 이 없어도 기도할 수 없네
방하착이 필요해
버림으로서 채워지는 삶의 무게여
새처럼 가벼워야 할까
나뭇가지 위의 새보다 못한 인내심
새들은 알고 있을까

그녀는 등대지기

서울은 중심,

경기도는 그 중심을 둘러싼 원

수많은 사람들이 그 원을 넘고자

서울을 향해 움직인다

그녀도 한때 그 흐름에 몸을 맡겼다

도시의 불빛 속에 살던 그녀는

어느 날, 다시 고향으로 발걸음을 돌렸다

밤이 되면, 고향의 마을은

깊은 어둠에 잠긴다

도시의 번쩍이는 네온사인 대신

별빛만이 하늘을 수놓고,

사람들은 골목길을 가득 메우지 않는다

그곳은 고요하다

너무나 고요해서,

그 고요함이 때로는 무섭게 느껴진다

그녀는 낡은 십자가에 불을 밝힌다

시간에 빛바랜 집을 하나하나 고치며,

마음의 문을 열고 사람들을 초대한다

고향의 빈집에는 잡초가 무성히 자라고,

떠나간 이들의 자취는 희미해져 간다

그럼에도 불구하고,

부모는 여전히 소식을 기다린다

그녀는 돌아온 이들을 따뜻하게 맞이한다

고향의 사람들을 보살피며,

그들의 이야기에 귀를 기울인다

밤하늘에 빛나는 별처럼,

그녀는 자신의 신념을 굳건히 지키며,

고향의 어둠 속에서도 꺼지지 않는

한 줄기 빛이 된다

가시박 넝쿨

그가 말없이 왔다

어떻게 왔는지 누구도 모른다

물을 건너고, 하늘을 가르고

새들의 깃털 속에 숨어서 왔는지

누구도 모른다

너는 이방인인데

너의 영역 넓혀 가고

산책길, 고목나무, 가시나무에도

바람과 땅만 있어도

발이 닿는 공간만 있어도

생명이 있는 곳이든 없는 곳이든

멈추지 않고

물살처럼 빠르게 덮쳐 오는 네가 무섭다

산책할 수도 없이 발에 차이고

아름드리나무에 거머리처럼 달라붙어

너와 싸우다 지쳐 가는구나

주변은 너의 세계가 되고

아름드리나무도 너를 감당 못 해

아우성치는구나
너는 누구니? 너의 고향은 어디니?
이방인으로 살면서 기세등등한 너
네 주변을 그물처럼 덮어 버리는구나
한반도 물가를 잠식하는구나
너의 정체는 외래종 가시박 넝쿨이지

나의 정원으로 오라

클로드 모네의 정원도 아니고
모네가 좋아했다는 수련도 없지만
우아한 군자란이 있다네
목이 긴 기린처럼 우아한 군자란
황금색의 수선화가 필 때면
모네의 그림 속 정원은 아닐지라도
황금 정원에서 흠뻑 취해 보자
먼 곳에서 친구가 찾아오면
이렇듯 화려한 것으로
안겨 주고 싶구나

꽃길

꽃길만 걷게 해 준다면
얼마나 좋으랴
벚꽃이 지고 꽃들이 사라진 뒤,
연둣빛 어린잎이 방긋 웃고
바람에 흩어진 꽃잎들이
꽃길을 만들고,
꽃잎을 살포시 밟으며
자연이 만들어 준 나의 꽃길,
내 인생 꽃길이 언제 있었던가
해마다 꽃이 피었지만,
내 눈에 보이지 않았지
꽃이 피고 지고
내 인생도 피고 지고
함박눈처럼 쌓인 꽃길
꽃길을 걷게 해 준 자연,
참으로 황홀하구나

개미와 나의 산책

작은 네가 내 발밑에서 벌레 하나를 물고 이리저리 헤매는 모습을 보았지. 길을 잃은 듯 우왕좌왕하며, 너보다 큰 벌레를 놓쳤다 다시 물며 집을 찾으려 애쓰는 너를 지켜보았어. 길 위의 틈은 너에게는 바다처럼 넓게 느껴졌겠지. 누군가의 발자국에 길을 놓쳤을까, 안개 속에서 한참을 헤매더니 마침내 너의 작은 집을 찾아내더구나. 네가 집을 어떻게 찾을지 궁금해 네 모든 행동을 놓치지 않고 지켜봤어. 먹이를 물고 집에 들어갔다가, 다시 나오고, 그만큼 너는 신중했지. 집이 맞는지 거듭 확인한 후에야 비로소 안으로 쏙 들어갔어. 발에 밟힐 뻔했던 네가 집에 무사히 돌아가는 걸 보며 너의 끈질긴 노력이 놀라웠어. 쉽게 포기한 길 너무 많아 부끄러웠다. 그렇게 너를 지켜보다가 나도 내 집으로 향했어.

인력시장과 시인

입성 초라한 노동자들, 새벽의 시장에서 맴돈다 선택받기를 바라는 마음, 돌처럼 묵직하다 "인도와 차도로 내려가지 말라"고 경찰의 거친 지휘봉으로 일으킨 바람 도시를 짓고 부수는 노동자들 일당 25만 원, 17만 원 새벽은 아침으로 바뀌고 한 주에 한 번, 행운이 부끄러워 웃는다 시인이 되겠다고 도서관으로 향했다 인력시장의 노동자처럼, 시인도 선택의 기회를 기다린다 "손톱만큼의 여백도 없다"는 책꽂이에서 독자를 기다리는 간절한 마음, 영혼을 배출한다 시인은 시로 말을 하고 노동자는 몸으로 발언한다 노동자가 자신의 몸이 팔리기를 바라는 듯이 시인도 자신의 시집이 팔리기를 바란다 둘은 유사하다, 독자가 없고 일자리가 없다 철학자는 말한다 "문학인이 많아야 사회가 아름답다고" 그런 세상에서, 시를 읽는 이들이 모래알처럼 많았으면 좋겠다 나는 시인들이 빼곡히 꽂힌 서가 앞에서 시집을 무더기로 꺼냈다 시인들은 글로 집을 짓고 인력시장의 노동자들은 땀으로 집을 짓는다 시집도, 노동자들도 꿀벌처럼 바빴으면 좋겠다 하루 종

일, 수천의 꽃을 찾아다니며

내가 잡혀 버렸네

가자미, 갈치 젓갈에 꼼짝없이 내가 잡혀 버렸네

젓갈도 가자미도 베짱이 두둑해

어부가 잡아 오는 대로 팔아야 한다며

크기 선별 없이 상품으로 내놓고

초록빛 파리가 파수꾼이 되어 손님을 쫓아내고

주인의 애타는 마음 몰라주네

가자미는 머리가 잘리고

한쪽으로 몰린 눈도 없네

어물전 젓갈 시장 가게마다

주인의 얼굴 다르지만

젓갈류는 모두 같아

물고기가 물결 따라 흘러가듯

손님들은 가재 눈으로 흘깃흘깃

옆 가게로 이동하지

주인의 마음 외면하고 시계추처럼 왔다 갔다

언제 떠날지 모르는 철새들,

이래도 저래도 인심 붙잡기 어렵고

주인의 베짱 좋은 말

"맛없으면 반납해도 돼요"

거침없는 말, 맺힌 것도 없을 거야

이미 숙성된 젓갈들 유효기간 걱정 없다

맛 좋은 젓갈은 이래도 되는가

썩어야 맛있듯 나의 시도 그래야 하나

젓갈 썩는 냄새가 진동한다

꿈속에서는 가능한가 보다

살아 있다는 건
꿈을 꾸는 일이다
누가 상상이나 했을까
내 머리보다 큰 파충류를
품에 안았다
나비를 좋아한다고
나비를 삼켜 버리는 꿈을 꿀 수 있을까
그림책 안에서 파충류를 보기만 해도
깜짝 놀라는 내가
책 페이지조차 넘기기 두려워
중도에 읽기를 포기하는데
뱀을 끌어안고 애인인 양, 잠을 잔다
말도 안 되는 꿈속의 현실이다
모든 꿈은 무의식에서 온다고 하였나
알 수 없는 깊은 바다 밑
그곳에서만 볼 수 있는 암흑
현실에선 감히 상상할 수도 없는 일들
꿈속에서는 가능한가 보다

낙엽으로 만나다

한 몸에서 태어난 지체들
손 한번 잡아 본 적 없고
등을 기대어 본 적 없네
함께 살아가지만
만날 수는 없네
가까이 오라고 손짓해도
바라만 보네
우리는 한 몸에서 나온 가녀린 가지들
우리가 만날 수 있는 날은
바닥에 누워서
시간이 흐르는 동안 기다려야 하네
몸 기대며 혈육의 인연을 비비적거리네
한 지체이지만
죽어야 만나는 낙엽처럼
우리도 죽어야 될까

눈물

네덜란드의 모나리자라 불리는
요하네스의 진주 귀걸이 소녀,
그녀의 귀걸이는 누가 선물했을까?
진주 같은 소녀의 눈 속엔
수많은 비밀과 이야기가 담겨 있고,
반짝이는 진주는
누군가에겐 무거운 눈물,
누군가에겐 되찾은 기쁨일까?
오늘, 나도 진주 귀걸이를 걸었다
남편이 말한다
"그걸 하지 마, 끔찍해
어떻게 살을 뚫는 짓을 하냐고"
그러나 마음을 파고드는 것이
더 깊은 상처라는 걸 그는 모른다
화가는 이 아픔을 어떤 색으로 채색할까?
붓끝에서 흘러나오는 색들은
가슴에 박힌 화살처럼,
사라지지 않는 상처로 남겠지

무연고자와 인연

30년을 홀로 버티고 이제는 지쳤다며, 암이 재발했으면 좋겠다는 말, 입원하고 싶다던 그의 말 절절한 외침이다 그의 말 귓가에 맴돌고 가장 무서운 병이 외로움이라 했던가 카드 빚이 목을 조이자 자식들은 민들레 씨앗처럼 흩어지고, 돈이 생명이라 믿었던 그는 낡은 손수레를 끌고 폐철근을 모았다 그날도 무거운 것을 들다 허리가 휘어져 기둥이 무너진 것처럼 주저앉았다 주일마다 같은 자리, 성당 의자에 박제된 듯 앉아 있던 그 사람, 오늘은 보이지 않았다 미사를 마치고 성당 문을 나설 때, "살려 달라"는 떨리는 소리가 전화기 너머로 스며들었다 달려가 보니 마른 나뭇가지처럼 누워 있던 그, 힘겹게 나를 향해 반긴다 "가족이 되어 달라"는 그의 청에 나는 잠시 멈칫했다 책임의 무게를 느끼며 웃음 짓지도 못한 채, 주저하는 나를 향해 그는 신사임당 몇 장과 황금 반지를 내보였다 사람보다 돈을 믿는 세상을, 돈으로 인심을 살 수 있다고 여기는 그의 눈빛을 마주할 때, 목이 메어 왔다 불편한 진실을 삼킨 듯 쓰린 속을 달래고 싶었다 깊은

침묵이 두 사람에게 흐르고 그의 말이 무겁게 내리눌
렀다 그의 외로움은 내게도 숙제로 남고 무연고자의
죽음이 사회적 타살이라 했던가 그의 가족이 되기로,
나는 예고 없이 그의 보호자가 되었다 그의 삶에 남겨
진 외로움의 흔적을 내 삶에 새기며

달라이 라마

"좋은 사람이 되어라,
마음이 따뜻하고 다정한 사람이 되어라"
달라이 라마는 이렇게 말한다
명상 중 가장 참기 힘든 것이
무엇이냐는 질문에
그는 이렇게 답한다
"모기가 내 몸에 달라붙어 있을 때"라고
'딱' 하고 내리치면 될 텐데,
그 작은 생명을 죽일 수 없어
참는다니 그의 인내와 배려에
경외심마저 인다
나는 어떤 사람인가
모기 한 마리에 에프킬라를 뿌리고,
작은 소음에도 불쾌함을 감추지 못한다
때로는 가시 같고,
때로는 봄볕 같고,
여름 소나기 같은 성격
좋아하는 사람보다

싫어하는 사람이 더 많다
이유를 만들고, 벽을 쌓고,

달라이 라마 같은 사람이 많아진다면
미움이라는 단어도 사라지지 않을까
하지만, 나는
오늘도
모기 한 마리와 싸운다

2부

기다림

허공에서 손 흔들다

가슴에 돌 하나 얹어 놓은 듯
무겁고 답답하여
차를 몰고 달렸다
휴게소에서 커피를 시키고
하늘을 올려다보니,
구름 하나 없이 푸르고,
다정한 기러기들 날아간다
건물 난간 모서리에서
강아지풀이 몸부림친다
하늘로 오르고 싶은 건지,
지상에 뿌리내리고 싶은 건지
척박한 곳에서 살 수 없다고
소리치는 것 같다
바람이 실어다 준 씨앗,
생명으로 탄생하였지만
받아들일 수 없다고
허공에서 몸부림치는 듯하다
나도 척박한 곳에서

뿌리내리고 살아간다

너도 난간에 기대어 살아가렴

춘향이라 불린 그녀

꽃가마에 올라 시집오던 날,
동네는 성춘향이 왔다며 떠들썩했다
친정의 사랑을 품었던 그녀,
결혼의 굴레 속에 깊이 갇혔다
곱던 자태는 노점의 먼지에 묻히고,
그 얼굴은 바람에 바래며 타들어 갔다
아버지의 술과 구타는 어머니를 무너뜨렸지만,
그녀는 멍든 손으로 가족을 일으켜 세웠다
수레처럼 쉬지 않고 돌았던 날들,
끝내 지친 몸은 병상에 누웠고,
목련처럼 고운 그녀는
가라앉은 한숨 속에서 비로소 쉼을 얻었다
그녀가 남긴 한과 슬픔은
지금도 큰 파도 되어 내 마음을 때린다

흔적

문을 열고 나선 길,

눈과 바람이 나를 맞이했네

산길 위를 걸으며

나의 발끝이

흔들리는 고백을 한 듯하다

바닥에 떨어진 검은 가루,

대리석 위에 남겨진 그 흔적들

나는 그저 신발을 탓할 수밖에,

고무의 탄식이 바닥에 흩어져

문학관의 하얀 대리석,

내 발걸음에서 흘러나온 불길한 흔적

창피와 당황이 뭉쳐,

숨겨진 진실이 드러나는 순간

나는 그 자리에서 떨어져,

조용히 내 발을 감추었다

시간이 지나고 집으로 돌아와,

진실의 흑색이 바닥에 남아 있던 날

남편의 구두와 내 발걸음이,

운명의 가느다란 실로 연결된 듯

천생연분이라는 이름 아래,

우리의 흔적이 길 위에 남았으니

털 달린 짐승이 얼어 죽었다

털 달린 짐승이 얼어 죽는 것을 본 그녀

그녀의 고향은 눈 내리는 겨울을

알지 못하는 곳

남편이 군인이라 가는 곳이 고향이 되어 버렸다

벚꽃이 지고 장미의 계절

솜바지와 털모자를 투구처럼 쓰고

시루떡처럼 켜켜이 겹쳐 입은 옷

가뭄에 콩 나듯 손님이 와서 물으면

겨울엔 전국에서 가장 춥고

여름엔 가장 더운 이 고장이라며

두 손 들고 "오지 마이소"라고 말한다

하루 걸러 눈이 내리는 고장에서

문고리에 손이 달라붙는 추위 속에서

일 년 중 4개월만 식당을 운영하고

8개월을 공으로 먹고산다고,

겨울만 되면 이사 간다고 말하지만

그렇게 21년을 살아왔고

털 달린 짐승이 얼어 죽는 겨울

동장군이 오기 전에 이사 간다고 한다

만 보를 만 킬로로 걸었다는 사람

고요하기 이를 데 없는데 잠은 안 오고

잘못된 단어 선택 하나에 빙긋이 웃는다

내가 실수하면 밤새 생각하며

왜 그랬어? 왜? 그랬어하며

내 머리를 쥐어박고 날밤을 새운다

이미 날아가 버린 화살 어디에 박혔을까

'정진'하라고 한다는 말이 '정지'하라고 했으니…

잠 안 오는 밤에 지인의 실수를 생각한다

"아~ 어제는 만 킬로는 걸었을 거야"

만 킬로가 아니라 만 보이겠지요

"아! 그렇구나 만 킬로면 부산쯤일까?"

만 킬로면 부산을 열 번은 왔다 갔다 하는 거리,

기차도 부산을 열 번 운행하지 않을 것 같은데

사람이 만 킬로를 걸었다 한다

첫 단어가 같다고 엉뚱하게 튀어나온 말

갈수록 실수가 많아지는 일상

개떡같이 말해도 찰떡같이 알아들으면 된다고 했지

바람이 남으로 분다

서쪽에서 불어오는 바람이
텅 빈 들판을 스치며 지나간다
그 바람에 실린 구름은
말없이 남쪽으로 흘러가고
가뭄으로 메말라 버린 땅,
타들어 가는 갈증이
바람 속에 숨겨진 듯하다
바람이 그 이야기를
나지막이 속삭였던 것일까
나도 바람의 소식을 기다린다
누군가 나를 간절히 기다리고 있다는
바람의 전언을 구름처럼 가볍게 흐를 수 있다면,
새처럼 날아오를 수 있다면
저 높이에서 아래를 내려다볼 수 있는
그런 존재가 된다면,
신의 영역에 발을 디딜 수 있을까
그것은 감히 넘보지 못할 일
우리는 그저 인간일 뿐,

바람은 그렇게 지나가고,
나는 이곳에 남는다

모든 만남은 이별을 품는다

쟁기를 들고
뒤를 돌아보지 않는다 했지만,
주인 바뀐 밭에 발이 닿았다
호두나무는 침묵 속에 잎을 떨구고
가지 끝마다 은빛으로 반짝인다
가까이 다가서자,
네가 내게 속삭이는 것 같았다
네 안에 쌓인 시간을 꿰뚫어 보는 듯
나는 한 걸음 멈춘다
그날에도, 지금도
네 그림자는 늘 그 자리였지
눈 내리는 밭에서
낙엽은 솜이불처럼 대지를 덮고
나는 그 위를 조심스레 걸었다
기도하듯 발끝을 모으며 이 땅의 숨결이
우리에게 보물이 되기를 간절히 빌었지
나는, 이 땅을 말없이 팔아 버리고
빈손으로 너를 찾아왔구나

까치 한 마리가

내 머리 위에서 맴도는 이유가 무엇일까

더 이상 무엇도 할 수 없다는

침묵 속에 서 있다

모든 만남은 이별을 품는 것일까

그저 바랄 뿐이다

너의 뿌리가 이곳에서

오래도록 흙을 품어 주기를

산울림

겨자씨만 한 믿음만 있어도

산을 옮길 수 있다고 하는데

그 믿음은 위대한 것

그 믿음으로 산을 가르고

터널이 뚫리고

산울림으로 하늘도 울고

수많은 생명들이 파르르 떨었을 것이다

이웃 산은 침묵을 지키고

서로를 바라보기만 하네

차들은 우리의 심장을 가로지르고

화살처럼 빠르게 스쳐가지

나의 심장을 통과할 때마다

그 진통 산울림으로 메아리친다

내 고통, 몸서리치지만

아무도 그 상처를 보지 못하지

영혼 없는 차량들 내 심장을 가로지르지

내 심장을 관통하는 소리 오늘도 요란하다

지구가 아프다

손에는 수많은 인생길이 보인다

핏기 없는 하얀 손이 커피 잔을 든 채
서로를 말없이 응시하고 있다
무언의 시선 커피 잔을 든 손,
늙은 남자의 손, 목련 꽃처럼 하얗다
그는 무엇을 하며 살았을까
손을 보면 그 사람의 직업이 보인다고 하는데
나는 그들을 알 수가 없다
늘 일개미처럼 부지런히 살아왔다고
무거운 침묵 속에서 그가 말하는 듯하다
뜨거운 커피가 식어 갈 무렵
목련꽃처럼 하얀 손이 속삭인다
"구정이 지나면 대박이 터진다"라는 그 말에
아내는 웃으며 나를 바라본다
무언의 실망, 무너진 신뢰가
무너졌다고 말하는 듯하다
그는 삶에서 슬퍼하거나 노여워하지 않았다
그저 웃는 그녀의 미소가 슬프기만 하다
'뒤러'의 기도하는 손에는 깊은 계곡도 있고

갈라지는 물길도 있다

내 손은 동상 걸린 손 계절 없이

단풍 든 손처럼 붉은 손

목련꽃처럼 하얀 손, 그 남자의 손이 나는 부럽다 손

에는 수많은 인생길이 보인다

형제들의 무덤

나란히 나란히 완두콩 같은

아버지 형제의 무덤

살아서는 다툼도 많았었는데

저승에서는 나란히 나란히 무덤을 만들고

누가 보면 의좋은 형제 같다

살아서는 서로가 빚을 갚았느냐

갚지 않았느냐 하며

제삿날에 모이면 가슴을 치고

방바닥을 치며

버선발이라면 벗어나 보이지

큰소리가 담을 넘는 날이 많았었는데

차라리 제삿날이 없기를 바라기도 했는데,

나란히 무덤을 만든 것을 보니

마음은 하나 의좋게 살고 싶었던 것

지금은 마음이 하나인 듯

일제히 일어나 반기는 듯하다

잘 살아라 다투지 말고 살아라

침묵 속에 유언 같은 말들이

귓전을 스치고 지나간다

새들의 만찬

잘라 버려요, 없애 버려요
매몰찬 내 소리를 듣고도
나무는 뿌리를 더 깊이 내린다
그리고 나에게 말한다
"조금만 더 기다려 봐요,
찔레꽃처럼 하얀 꽃이 피고,
밤하늘 별처럼 많은 열매도 맺을 거예요
나를 봐요, 기다려 봐요,
잘라 버린다는 말은 하지 말아요"
별만큼 달린 사과를 꿈꾸며
희망을 걸어 보았다
때가 오면,
너를 자랑할 수 있을 거라고,
함께 웃음꽃을 피우리라 믿었는데—
결국 새들의 만찬이 되었구나

불고기 2인분

한낮의 햇살이 대지를 태우고
더위를 피해 노부부가 식당에 들어선다
불고기 2인분을 주문하고
조개처럼 입을 다문 채, 무겁게 기다린다
불판 위에서 익어 가는 어미 소의 살점,
사냥감을 노리는 두 마리 늙은 사자처럼
말없이 익어 가는 고기를 바라보다
입속으로 부드럽게 넘겨 버리고
할머니가 마침내 입을 뗀다
"이거 마저 포장해 주세요
때가 되면 무서워요
매번 밥하고 반찬 만들기가…"
한두 점밖에 안 되는 남은 고기를
싸 달라고 말하는 목소리에
피로와 체념이 묻어난다
주인은 살갑게 포장하며 말한다
"다음 생애에는 남자로 태어나세요"
할머니는 조용히 웃으며 대꾸한다

"그게 마음대로 되나요"

평생을 쌓아 올린 무언의 수발,

그 무게에 눌린 삶

식당 문 밖에서 보이는 할머니의 뒷모습,

내 어머니도 그랬겠지,

고개를 끄덕이는 나 자신을 문득 발견한다

아무도 말하지 않았지만,

나도 이미 같은 길을 걷고 있음을

상록수 부부

파릇한 부부, 농사에 물들다
지난해 애플수박 실패
아무도 거들떠보지 않은 채
드리운 수박, 고통의 흔적
애써 상록수 부부 현실에 적응하지만
내 시선은 차마 볼 수 없어 지나치네
상록수 부부 꿈을 심고
다시 무를 심는다
무는 기쁨의 상징,
코끼리 다리처럼 자라네
선별된 무, 저마다 팔리기를 바라고
팔뚝 같은 무는 청자색
선택되지 않은 무는 버려지며
밭고랑에 누워 흙냄새 진동,
깊어지는 젊은 부부의 한숨
무들은 무덤처럼 고요히 누워 있네

손톱을 깎으며

일하지 않는 자 먹지도 말라 했건만,

나는 오늘도 일하지 않고 먹고 있다

멈추지 않고 자라나는 것은,

죽순처럼 솟아오르는 내 손톱뿐이다

게으른 손톱이 갈퀴가 될까 두려워

깎아 내던 손끝에서 어머니를 생각한다

어머니의 손톱 자르는 모습 본 적 없는데,

우리 손톱 다듬어 주시던 그 손길,

"엄마는 깎지 않아도 손톱이 없다"라던 그 말씀

닳아 없어져도 아프다 말 못 하시던 손톱,

내가 알지 못했던 그 고단함

"손톱 깎지 않으니 좋겠다"라고

뱉은 철없는 맏딸의 말

닳아 버린 어머니의 삶은

그래도 되는 줄 알았던,

무심한 맏딸 불효가 따로 없었다

순간은 찰나, 돌아갈 수 없고

남은 것은 영원한 이별과 자책

이제는 얼음처럼 차가워졌을 손,
나는 오늘도 손톱을 깎는다
반달 같은 손톱을 다듬고
잘린 조각들은 사방으로 흩어져
게으른 나 대신 부지런히 일하러 간다
어머니의 손톱은 있었지만, 없었다
그 손톱 닳아 없어질 때까지도,
어머니는 우리를 다듬고 계셨다

시름에 잠기다

여름의 홍수처럼 과일이 넘쳐 난다
마트 입구는 화려하지만,
가격은 추풍낙엽처럼 떨어지고
농민의 눈물은 강물처럼 흐른다
흉년이면 농산물이 부족해
농민들의 한숨은 깊어지고,
풍년이면 가격이 바닥나
농민의 주름은 늘어 간다
이래도 저래도 농민들은 순한 양,
상품 가치 없는 것이 그들의 몫
과수원집 주인은 썩은 사과를 먹는다지
밭에서 쏟아진 땀방울,
작물에 올린 간절한 기도가
한순간 무색해진다
풍년과 흉년이 겹친 이 아이러니,
땀 한 방울 흘리지 않은 자의 손엔
선물 같은 '복숭아' 한 상자가 놓인다
부드러운 살결 속,

희망과 절망이 뒤섞인 에덴의 맛

내게 주어진 이 한입엔

농부의 울음이 담겨 있다

3부

만족(저자의 딸 작품)

혈육을 찾아 먼 길을 가려면

혈육을 찾아 먼 길을 가려면
꽃길을 떠올려야 하네
사랑스런 그 모습 즐거움으로 부르고
꿈속에서 너를 다시 만나 본다
좋은 기억 즐거운 추억
이제 그리움 되어 너를 찾아간다
혈육의 그리움 강물이 되어
내 가슴에 눈물이 되었다
네 웃음소리 바람에 실려 오면
내 삶에 큰 기쁨이 되고
위로가 되어 주었던 나의 혈육들
햇살 가득한 날, 너와 손잡고
그 오래된 공원 벤치에 앉아
시시콜콜한 이야기를 나누던 그때
누구에게라도 자랑하고 싶었지
그리웠다고 말하고 싶고
그날의 따스함이 좋았다고 말하고 싶다
함께 웃어 보자꾸나,

그날의 따스함이 좋았다고 말하고 싶다
다시 그 벤치에서

하루살이와 신경전

시집을 필사하던 어느 날, 컴퓨터 앞에 앉아 집중하고 있는데 눈앞에 작은 하루살이가 나타났다. 그 작은 생명체가 마치 필사에 끼어들고 싶다는 듯이 내 시야를 가로질러 분주히 날아다닌다. 처음에는 그저 흘려보내려 했지만, 점점 신경이 곤두선다. 손을 한번 휘두르면 쉽게 없앨 수 있을 걸 알면서도, 자꾸 그 움직임이 내 집중을 무너뜨린다. 탁! 손을 내리쳤지만, 하루살이는 손가락 사이로 달아난다. "그래, 겨울을 견뎠으니 네 수명 다할 때까지 살아 봐라." 한숨을 내쉬며 다시 글에 집중하려 해 보지만, 이번에는 내 하얀 옷 위에 까만 점처럼 가볍게 앉아 있다. 이 작은 생명이 이토록 흔들어 댈 수 있을까? 결국 결심한다. 꼭 잡고 말겠다고. 하루살이가 내 앞에 나타나기를 기다린다. 그러나 정작 그 순간이 다가오자, 손이 움직이지 않는다. '내가 너무 과민한 걸까?' 참깨보다 작은 미물이 내 머뭇거림을 느꼈는지, 멀찍이 떨어져서 나를 바라보는 듯하다. 몇 시간이 흘러 필사에 다시 몰두하려 했다. 작은 생명체는 나의 마음을 산만하게 하더니 사라지고 없다. 주위를 둘러보아도 그 흔적조차 없다. 내가 잡지 않았는데, 벌써 수명이 다한 걸까? 아니면 내 결심을 눈치채고 떠난 걸까? 점같이 작은 하루살이가 남긴 묘한 허전함이 내 마음을 스친다. 생각해보면, 내 일상 속 작은 불안이나 외로움의 표식이었는지도 모른다. 그저 지나쳐가는 작은 생명이라 여겼지만, 그 존재가 내 마음에 깊숙이 뿌리내린 생각들을 끌어 올렸다. 작고 사소한 감정들이 내 마음을 흩트리고 떠나가는 것을 느끼며, 나는 잠시 글을 멈춘다. 하루살이의 짧은 순간이었을까. 그 순간을 견디지 못한 가벼운 존재가 되었다.

카페와 돌솥 밥

커피 한 잔이 돌솥 밥값과 맞먹는다니,
억대의 가구들로 장식한 카페,
누구도 비싼 것을 불평하지 않고,
조용히 입을 다문 채 가구값을 지불하네
노점에서 가격을 흥정하던 그대들,
돌솥 밥 한 그릇에 6,500원을 내고,
주머니 가벼운 서민들이 드나들며
하루 한 끼에 절약하려는 늙은 남자들은
옆자리에서 말하네
"국방부 장관이 무슨 말을 하는 거야?"
"오늘이 내 생일인데 여기서 밥 먹네"
박리다매 사장님의 정성과 사랑은
뜨거운 밥 한 그릇에 담기고,
허전한 마음을 채우며
한 끼를 숙제처럼 해결한다
세 가지 나물과 국화꽃 같은 계란프라이
누룽지까지 딸그락 긁어 먹는다
이 사람 저 사람의 이야기들이

밥숟가락 사이로 스며들고,
나는 시집 한 권 들고 모르는 척,
그들의 얘기에 스며들었다
떠드는 소리들 사이에,
세상과 나 사이에 무엇이 있을까

도와 달라는 그녀

시베리아 추위가 있던 날
적선을 바라는 그녀의 손
단풍 든 손은 사시나무처럼 흔들린다
도와 달라는 입술 사이로
안개가 피어오른다
지나칠까, 말까 망설이다
외면할 수 없는 동정으로
천 원 지폐 한 장, 그녀 손 위에 놓으니
그녀는 몸을 떨며 주머니 속에 넣는다
라면 한 봉지 살 수도 없는 돈
"아직 일할 나이인데, 왜 저러고 살까?"
내 마음속에선 끝없는 질문들이 솟구친다
"배불리 먹을 수 있고
추위를 피할 수도 있는데…"
찰스 램은 동정이란
묻지도 따지지도 않는 거라 했지
그냥 연극 한 편 봤다고 생각하라고
천 원 한 장 주고 무슨 따질 게 있을까

라면도 못 사는 돈을 준 내 손이 더 거지 같다

촛불이 흘러내린다

곡식 창고 들판에 높이 솟은 벽돌탑,

황금마차가 달리는 화려한 도로가 열렸다

땅을 팔고 건물 짓는 중년 부부,

개미처럼 쉼 없이 일하며

대리석 궁전을 세우고,

박꽃처럼 하얀 이로 환하게 웃는다

그들에겐 무거운 짐 같은 아들,

그 짐을 덜어내고자

늙은 엄마는 불철주야 기계처럼 일한다

홀로 서지 못하는 아들을 위해

한 자루 촛불처럼 녹아내리며,

그의 꿈을 밝히려 애쓰고,

세상의 어둠 속에서 그의 길을 비춘다

새끼 거미에게 몸을 내어 주듯,

아낌없이 자신을 불태우고,

작은 희망의 불씨를 지피며,

그의 무거운 발걸음을 덜어 주고자 한다

자본주의, 그 그림자 속에서

허무함의 끝자락에서

오랜 시간 동안
파도가 부서지듯 넘실대는
김남조 시집을 펼쳤다
그녀는 말했다
"허무함 속에서 시를 썼다"고
끝없는 갈망 속에서
깨알처럼 글자를 쏟아 냈지만
그 '허무'는 어디서부터 온 것일까
바다는 메워질 수 있지만
인간의 욕망은 찰나의 빈 공간처럼
채워지지 않는다
그는 15권의 시집을 남겼고
수백 편의 시가 모래알처럼 많았지만
여전히 그 속에선
메마른 갈증이 남아 있었을까
아니면,
언젠가 다가올 바람 속의 빈 그릇인가
내 안의 갈망은

채워지지 않은 채 말라 가고
한 번도 날아오르지 못하고
날개를 접어야만 하는
그 순간은 언제일까
바벨탑을 쌓고도 결국 남는 것은
텅 빈 모래 언덕 위의 발자국인가
그 허무함은 욕망의 그림자일까

오징어의 외침

정오의 햇살이 화려하고
고요한 마을에 오징어들이 소리친다
어디선가 바다의 숨결이 들려온다
멀리서 파도처럼 밀려오는 목소리
싱싱한 생명들이 바다로
돌아가려는 듯
끊임없이 울린다
하지만 사람들은 고요를 깨운 소리에
잠시 눈살을 찌푸리고
사과나무 아래 잠들었던
토끼처럼 깜짝 놀라며 흩어진다
오징어의 외침은
메아리처럼 되돌아와 사라지고
그 생명들은 어디로도 가지 못한 채
바다를 등지고 조용히 숨을 멈춘다

파수꾼은 오지 않고

부재중 전화 두 통
부동산 중개인의 목소리,
라디오 소리만이 들리는 밭에서
그곳에 사람이 없다고,
밭이 아닌 집에서 받은 전화
"짐승 때문인가요, 라디오는 왜 켰죠?"
'쓸쓸해서'라는 말이 입술에 머물다 사라진다
"지적도에 도로가 없으니
다닐 수 있게 허가증을 받으면 사겠다"고 말한다
"호두나무는 필요 없다 베어 버리면 된다"라고
야멸차게 말한다
나무는 간담이 서늘했을 것이다
나무는 하늘에 닿을 듯 자랐는데
오랜 세월을 견뎌 낸 나무,
잘려 나갈 운명을 앞둔 나무
그저 나무일 뿐이라는 무심한 말
호두나무는 몸서리치고,
내 마음도 흔들린다

말 없는 나무의 그늘 속에 그림자가 지고,

돌덩이 같은 무게가 가슴을 누른다

나무를 지킬 수 없는 무기력, 우리의 무력함,

산처럼 우거진 나무들 사이에 묻힌다

나무를 지켜 줄 파수꾼은 오지 않고

눈을 감고 너의 뿌리가 닿아 있는

대지의 깊은 숨소리를 듣는다

어느 구름에 비가 숨었는지

혼들리는 나무들 사이,
어느 가지도 바람을 피할 수 없다
바람을 잡을 수 있는 자 누구인가
나의 마음은 늘 바람이 불지 않아도
가벼운 진실에 유혹당한다
또다시 무거운 돌이 되고
남의 말이 내 그림자를 짓누르고
그 그림자가 내 발목을 붙들며
선함과 악함 사이
지우지 못할 자국을 남긴다
어느 구름에 비가 숨었는지,
누가 그 안을 꿰뚫을 수 있으랴
우리는 웃음 속에 서로를 떠나보내고,
혼들림 속에 남겨진 자국들을 바라볼 뿐

피고 싶지 않은 꽃이 어디 있으랴

피고 싶지 않은 꽃이 어디 있으랴

웃음꽃처럼 예쁜 꽃이 있을까

다투고 싶은 사람이 어디 있으랴

화해하고 싶은 맘 꽃으로 피어

너도나도 웃음꽃 피우고 싶구나

무화과나무 아래,

열매 대신 잎사귀만 우거진 여름을 보며

피지 못한 내 마음을 본다

북과 남보다 먼 혈연 멀어진 동생들의 손

눈을 감아도 눈을 떠도 아물지 않는 이름들

낙엽이 떨어져 땅 위에 눕고

흙이 되어 나무를 지키듯

내 빈 창고엔 오래된 기억들

겁 많던 어린 날 동생들 어미 새처럼 감쌌는데

어린 새들 비상을 하고

민들레 홀씨처럼 흩어져 곳곳에 박히고

개구리 올챙이 적 생각 못 하듯이 잊고 산다

저마다 사연을 안고 시계추처럼 쉼 없이

살아가는 바쁜 꿀벌들을 위해 나는 큰 나무가 되리라

저마다 지친 몸 뉘일 수 있도록

잎이 되고, 그늘이 되고,

작은 잎사귀가 되리라

임대 광고

드릴과 망치 소리
쾅, 쾅, 새 삶의 기초를 다진다
옛 주인은 떠나고,
손때 묻은 문턱과 낡은 벽에
남은 건 무거운 흔적들뿐,
그들의 뒷모습에서 깊은 한숨 소리
꿈을 짓기에 충분했던 공간,
이제 새로운 주인을 기다린다
화수분처럼 채워질 집,
삶의 무게도 솜털같이 가벼운 날들을
함께하길 바라며
빈집, 찬바람에 흔들리고
임대 광고 나부낀다

척야산, 붉은 기상

죽음처럼 단단한 마음,

겨자씨만 한 열정이

민족의 흙을 갈아엎는다.

남강 선생,

당신의 손끝에서

철쭉처럼 붉게 타오른 혼.

백년의 세월을 지나

오늘도 척야산 능선에 살아 숨 쉰다.

안개처럼 덮인 어둠,

그 빛을 밀어낸 태양처럼,

당신의 이름은 영원히 사라지지 않으리.

척야산의 붉은 철쭉 아래,

그대의 기상은 바람을 타고 퍼진다.

우리는 그 꽃잎 속에서

사랑을 배우고,

희망을 길어 올린다.

악인의 그림자는 짧고,

의인의 혼은

이 땅에 깊이 스며 있으니,

그대의 붉은 기상은

아직도 피어난다.

절대적인 것

물이 아래로만 흐른다고
누가 말했나
바람 불면 나무가 흔들리듯이
강물도 바람 따라 간다네

어처구니없는 바람

들판 위에서 다른 방향을 바라보고 있었다. 농사에 뿌려질 씨앗 같은 농자금을 두고 말다툼이 시작되었다. 그 돈은 정부에서 주어진 씨앗, 그러나 남편은 그 씨앗을 땅이 아닌 차가운 주식 시장에 뿌리고 싶어 했다. 나는 바람을 막으려 애썼다. "우리는 더 이상 바람 따라 흩날리며 살 수 없어." 나는 말했다. 그러나 그 말은 마치 불씨를 건넨 듯 남편의 눈빛에 불이 붙었다. "난 해낼 수 있어." 그가 말했다. 살얼음 밟듯이 제안했다. "씨앗을 비축해 두자. 혹시 모를 때를 위해." 하지만 남편은 고개를 저으며 고집스럽게 외쳤다. "왜 네가 이 땅을 어떻게 가꿀지 정하는 거야? 이건 내 일이라고." 그의 말은 날카롭게 내 마음을 베어 냈다. 나는 이제 더 이상 물러설 수 없었다. 나무처럼 뿌리 깊이 애착을 가졌던 집을 팔겠다고 말해 버렸다. 그의 얼굴은 깨진 유리처럼 갈라졌다. "그래, 팔아." 우리가 꿈꾸던 집은 이젠 더 이상 그 어떤 의미도 담고 있지 않았다. 집은 더 이상 안식처가 아니었다. 뜨거운 논쟁 속에 재가 되어 버릴 것 같다. 밤이 지나고, 남편은 냉랭한 얼굴로 문을 닫고 나갔다. 혼자 남은 나는 부동산에 전화를 걸었다. 집이 더 무겁게 느껴지는 순간이었다. 밤이 깊어 가도 그는 돌아오지 않았다. 나는 하나씩 불을 끄고, 어둠 속에 홀로 침대에 누웠다. 농자금이 정말로 씨앗이 되어 땅에 뿌려질까? 아니면 다시 한 번 주식 시장의 회오리바람 속으로 날아가 버릴까? 남편은 그 시장을 믿었지만, 우리의 미래가, 그 불안한 바람 속에서 어디로 흘러갈지 알 수 없었다.

가을이 좋습니다

벼가 익어 가는 들판이 수채화 같습니다

익을수록 겸손한 벼가 좋습니다

참새들이 낙엽 떨어지듯이 우르르 날아와

차려진 밥상에서 행복한 시간을 보냅니다

허수아비는 참새들의 쉼터가 되어 주고

두 팔 벌려 환영해 주는 너그러움이 좋습니다

농부의 수고를 외면하고 참새들이 먹고 가도

풍성한 먹거리가 있는 가을이 좋습니다

먹거리가 없는 이들과 나누고 싶습니다

가을은 글쓴이들의 잔칫상입니다

눈을 감아도 눈을 떠도

시가 데굴데굴 굴러다닙니다

전쟁이 끝나면 글거리가 많다고 합니다

가을이 그렇습니다

가을은 상징이 많습니다

누구는 가을에 편지를 쓰겠다고 말하고

누구는 '한 송이의 국화꽃'으로 화해를 상징했습니다

가을은 어머니 같습니다

어머니에 대한 글은 거미가 거미줄 뽑아내듯이
다양한 글을 써 내려갑니다
가을하늘에서 미켈란젤로의 그림을 볼 수 있어 좋습
니다
산뜻한 가을바람이 좋습니다
낙엽이 쌓인 길 걷는 것을 좋아합니다
가을엔 나눌 게 많아서 좋습니다
이 평화를 나 혼자 누리는 것 같아 미안합니다
그래도 나는 가을이 좋습니다

4부

변화의 아름다움

씨앗의 기다림

씨앗은
어둠을 뚫고 빛을 기다린다
오늘도 그대를 만나길 기약했건만,
먼 곳에서 그대 모습을 지켜보리라
씨앗이 발아되려면,
인내가 필요한 법,
기다림은 60일을 넘어서고,
알 수 없는 이들만 찬양의 손을 벌리네
시를 쓰는 것도 이와 같아,
원칙을 지키고 물에서 발아해야 하리
반복된 퇴고와 가지치기로,
좋은 글이 탄생하리라
많은 씨앗을 뿌려도,
얼굴 내미는 건 하나일 때가 많네
글도 그러하지 않을까?
잡초에 불과할지도
농부가 밭을 갈고 씨를 뿌리듯이,
시인도 시를 다듬고 글을 써야 하리

외동의 간절함

가장 싫은 건,
헤어지는 거야
3박 4일이 하루같이 느껴져,
1년을 함께할 수 있다면 좋겠어
아니, 난 십 년도,
만 년도 함께하고 싶어
오랜만에 만난 인사에
"응, 나도 좋아"
우리 둘 다 외동이니까,
같은 마음이겠지
"하늘에 바나나가 떠 있는 것 같아"
맑은 영혼이 투명하게 속삭이고,
기차 소리가
민트처럼 시원하게 스쳐 간다
어린이는 어른의 아버지라고
윌리엄 워즈워스가 말했다지

비빔밥 시론

『문학사상』에서는 이런 소박한 의미로 시는 없다는 주장을 했고, 또 시든 문학이든 무슨 본질, 순수한 기원이 있다고 믿는 태도를 비판하면서, 그 자체가 문학적인 텍스트도 없고, 그 자체가 시가 되는 테스트도 없다고 말했다 말하자면 문학도 없고 시도 없다. 비시가 시이며 시가 비시이다. 시는 부정을 먹고 산다.

그러나 시는 시가 아니며 시가 아닌 것이 시다 시는 시를 부정한다. 시라고 하지만 과연 어디 시가 있는가? 이승훈 씨의 시는 독자가 읽을 때 시가 된다. 말하자면 시로서의 아이덴티티를 획득한다. 그러나 다른 독자가 읽을 때도 그 시는 동일한 것인가 시로서의 아이덴티티, 고유한 본질, 자기 동일성은 한결같이 유지되는가?

그렇지 않다. 이승훈 씨의 시뿐만 아니라 다른 분들의 시도 A라는 독자가 읽을 때와 B라는 독자가 읽을 때는 전혀 다른 물건이 된다. 같은 것이 아니라 다른 것으로 나타난다. 그런 점에서 시가 있는 것이 아니라 차이가 있고, 독자들 사이의 차이가 시라면, 시는 불확정적이고 전환적이고 끝없이 떠도는 이름 없는 유령이고 자아이고 반복이다.

사정이 이렇다면 이제까지 우리가 믿어 온 그럴싸한 시론, 특히 본질주의자들의 시론은 비판되어야 하며 얻어맞아야 한다. 시를 찾는다는 것은 시를 포기하는 행위와 통한다. 시라는 실체가 있는 것이 아니라 차이가 있고 반복이 있다 시의 정체성, 기원 목적은 없다." 이승훈 시인의 시론이다. 「비빔밥」 소제목에서.

생활비가 흔들렸을 것이다

서러움을 안고 사는 夫子를 초대했다
사과할 이유도 없는데 사과를 들고 왔다
그들의 생활비가 흔들거렸을 것이다
갚아야 할 사랑의 빚일지도 모른다
식탁에 앉은 두 남자는 말이 없다
어색함을 감추려는 듯, 대화는 없고
묻지도 않는 말, 상처를 남길지도 모르는 말
희망이 아닌 실망이 될지도 모르는 말들
침묵이 금이라는 것을 알지만,
내가 하는 말이
앞서가는 젊은이에게 빛이 될까
삶의 지혜를 성경에서 배우고
거미줄 같은 사회의 망을 놓치지 말라
여행과 좋은 책을 많이 읽어라
명령과 조언 같은 말들
내가 방황하던 시절
'데미안' 같은 친구가 있었다면…
말없이 듣고 있는 사회 초년생에게

내가 하는 말이 씨알도 안 되는 건 아닐까

돌밭에 떨어진 말이 될지도 모르는 이야기

겨울바람에 차가운 두 사람

사과를 베어 물며,

사과는 내가 해야겠다

겨울 손님

모두가 잠든 시간,

내 가슴에 노크하는 이는 누구인가

캑캑, 콕콕, 콜록콜록

가슴을 울리는 소리가 고요를 깨우고,

잠든 님을 깨울까 두려워 달려오는 너를 붙들고

"천천히 와도 괜찮아"라고 말하기도 하지

이내 큰 대문을 두드리는 듯 요란하고,

"늙어서 병을 얻는 것도 축복이라"던

스님의 말씀이 떠오른다

축복으로 여기며 살아가려 해도

너 때문에 괴롭다는 님 있어 목에 걸린 가시 같구나

찬바람 부는 겨울,

여지없이 찾아오는 천식 님

천식 환자야 흔하다지만,

하나의 병에 셀 수 없는 다른 처방이라니

쉽사리 떠나보낼 수 없는 천식 님,

나를 꾸짖는 님은

"유치원 아이만도 못하다"며 병원을 권하지만

"이건 병도 아니야"라며 미동 없는 여자,

오늘 밤도 천식님과 함께

기침 소리에 뒤척이는 밤을 건딘다

겨우 잠든 이른 새벽,

식탁에서 들려오는 남편의 소리

살금살금, 달그락달그락,

잠든 나를 배려하는 섬세한 움직임

눈을 떴다가 다시 감으며 생각한다

어둠 속의 천식 님,

오늘은 부디 그대도 잠들었으면 좋지 않겠는가

유령처럼 기웃거린다

극장 앞, 무말랭이 같은 담배꽁초
밤이 깊도록 내던졌을까
젊음의 절망을 담은 심연의 깊이로
공룡 같은 게임기만 왕왕거리는 거리,
쾌락은 번뜩이고
문학인의 한숨은 돌처럼 무거워진다
요란한 불빛 아래,
직원의 그림자는 어디에도 없다
아침에 출근하는 희망,
저녁에 퇴근하는 여유,
일하는 기쁨은 낡은 전설이 되어 버렸다
키오스크는 저승사자처럼 서 있고,
젊은이들은 잃어버린 일자리를 찾아
유령처럼 기웃거린다
잡초처럼 생존하려는 몸부림,
자동 주문기가 말을 하고,
사이보그 로봇이 무한히 움직이는 세상
밥 먹지 않는 키오스크의 침묵 속에

청춘의 꿈은 키오스크의 것

손바닥 위 꿈의 불씨는…

갈 길이 멀다

너와 나의 경계선,
누가 만들어 놓았을까
너는 나를 만나기 위해
목숨을 걸어야만 해
때로는 타오르는 햇빛에
내 몸이 바싹 마르고,
흙 향기 나를 유혹해도
아직도 갈 길이 멀지
어디론가 분주히 걷는 개미,
지친 내 등에 슬며시 올라타고,
지나가는 거인들 발에 밟혀
꿈틀대며 몸부림치기도 한다
너와 내가 만나려면
수많은 장애물을 지나야만 해
마주 보고 있는 애기똥풀들이
힘내라, 힘내라
영차영차 웃으며 응원해 주고,
밟히면 꿈틀댄다는 지렁이마저

그런 일조차 쉽지 않음을 알려 준다

가방을 두 개나 잃어버린 날

가방 두 개를 잃어버렸다
호들갑을 떨었다
모두가 나를 바라보았다
"스마트한 사람이 왜 그래"
잃어버린 물건 찾는 것이
등잔 밑이 어둡다
물건이 앞에 있는데도 헤맨다
초조하여 진땀이 흐르고
세탁하지 않은 속옷도 있는데
치매 검사를 받아야 하나
장조림을 태우고
행주를 태우고
여행 가방을 두고 내리고…
집을 나설 때, 돌아올 때도
잃어버리는 것이 부지기수
산만한 바람이 분다
흩어진 낙엽들이 날린다
애완견 강아지보다 못한 지능

치매 검사를 받으러 갔다

지극히 정상이란다

잠이 보약이란다

내 안에 산더미 같은 욕심

방하착이 부족하다

갈잎을 밟으며

언덕 위 교회, 반짝이는 크리스마스트리

시베리아 바람 같은 겨울밤

어머니는 내게 돈을 건네셨다

동생의 새 학기 책, 헌책으로 사 오라며,

주머니에 넣었던 돈은

헌책 대신 어느새 사라져 버렸다

주머니를 뒤집고 손을 넣었다 뺐다

어머니의 피 같은 돈이

흩날리는 갈잎처럼 사라졌다

땔감이 부족했던 그 시절,

산에서 긁어 온 갈잎은

부엌에 내 키보다 높게 쌓였고

돈을 잃어버렸다는 내 말에

어머니는 말없이 웃으셨다

"괜찮다, 고생했다"

작은 손으로 빨래를 하다 발견한 돈은

바지 밑단에 숨어 있었다

돈을 찾았다고 말할까, 말까

억울함에 도둑고양이처럼 점방을 들락거리며

별사탕과 긴 껌을 사 먹었다

동생들 몰래, 엄마 몰래

어린 시절 나와 함께 솔밭을 걷고 있다

어머니의 말이 바람 속에 스며든다

"괜찮다, 괜찮다…"

만나고 싶은 사람

위대한 인물의 그림자 속에,

나는 길을 잃지 않으리

오히려 조용한 일상 속에서

부드러운 감정을 만지며,

책 한 권의 소중함을 품는다

소외된 자들에게 마음 가는 그대,

오만한 사람에게 일침을 주는 그대여

굴뚝 청소부 어린아이에게

온기를 전하는 당신의 미소,

과일 파는 그녀들에게

사랑의 말 한마디 던지며,

그대 있어 바람막이가 되었다지요

두려움 곁에 그대가 있어

봄날처럼 따뜻했을 것입니다

당신의 애수와 배려는

내 가슴에 잔잔한 파동을 일으키고,

이 시대의 불평등 속에서

나는 당신을 그리워하리

평범함 속에 숨겨진 부드러운 마음,

그대의 소소한 사랑이

어둠을 걷어내는 빛이 되었으니,

그대를 사랑합니다

꼭 한 번 만나고 싶습니다

찰스 램이여

누구나 걷는 평범한 길

돌아보면 내가 걸어온 길,
어느 길도 나의 길로 걸어 보지 못한
후회와 자책의 길
가다 말다 돌아갔던 길,
실패한 선택들 변명하며
그 흔적을 지우려 했지
손길 남긴 자국이 교차하고
망설이는 나의 모습
누구나 걷는 평범한 길,
이제는 하나를 선택하고
발자국을 남겨야 할지 지워야 할지
미래를 향해 불확실한 발걸음
지나온 길 나를 부끄럽게 하네

노이즈

소리와 소리 사이, 적막이 내려앉는다
대나무 숲의 바람, 휘돌아 치며
흩어진 언어가 지쳐 내 가슴을 친다
커져 가는 소리, 묻는 말은 늘어만 가고
귀 기울이지 못한 시간들은
겹겹이 쌓여 탑이 된다
소리 속에서 길 잃은 짐승을 본 듯,
외로운 몸짓이 어딘가 헤맨다
임금님의 귀는 당나귀 귀
대나무 숲이 그 말을 삼킨다
내 외침은 벽에 부딪혀
되돌아올 메아리 없이
수없이 반복되어 벽이 되었다
시장에 다녀온다고 말했는데
"누가 시집갔느냐?" 되묻는 목소리
그래서, 무엇을 바라는가?
나는 오늘도 소리 없는 벽 속에 갇힌다

나도 모르겠다

잠들지 못한 시간 뒤척이며

시간이 아깝다고 뒹굴다 일어나

시집 한 권을 펼치고

노트북을 켜고 필사를 한다

이해되지 않는 단어 휴대폰으로 검색하고

이해되지 않는 시의 내용을

소리 내 읽고 눈으로 여러 번 읽고

시를 썼던 시인의 모습과 마음을 찾아보려고

눈을 감아 본다

"부러워한다, 부러워한다…" 반복된 단어들을 이어 가

는 읽고 또 읽어도 알 수 없는 시들

뼈대만 남은 조형물 같은 시

완성되지 않은 시

독자에게 숙제를 남기고

시인은 몰라라 해도 되는 것인가

쉽게 쓰이면 시가 아닌가

이생진 시인은 시를 짓고 나면

어머니가 첫 독자가 된다고 한다

"무슨 시가 이리 어렵노?"라고 하시면

다시 고쳐 쓰고

어머니가 "이제 됐다" 하시면 완성이라고 한다

나도 그런 시가 좋다

버리고, 버리고 깎아 내고

미완성 같은 시 앙상한 뼈대 조형물

비시가 시이고 시가 비시이다

나는 모르겠다

가난으로 배부르다

낡은 이삿짐 리어카, 덜컹거리는 소리 어딘가 먼지처럼 흐려진 기억 속에서 피로와 가난이 절절히 흘러내린다 길가의 중국집, 젊은 부부의 착한 모습 작은 아기가 꿈결 속에 잠들어 있다 그 모습들 속에서 시인의 슬픔이 드러난다 가난의 상징, 그 형의 고단한 모습 슬픔을 먹고 사는 시인의 생활이 드러나고 나는 그 시인의 슬픔으로 배가 불러온다 문득, 작은 벌레 하나가 내 입 주위를 왔다 갔다 그 벌레도 가난하고 배고픈 걸까 시 읽기에 방해되는 미소한 존재, 먼지처럼 날아다닌다 손바닥을 모아 '딱' 잡아 보려 하지만 벌레는 공중에서 사라져 버리고 시인의 슬픔 속에서 떠도는 작은 방해물 벌레가 내게 속삭인다, "이제 그만 일어나 양치하세요" 나는 다시 함민복 시인의 시를 읽으며 일어난다 가난을 먹고 살아야 하는 시인의 모습을 떨쳐 버리지 못하고

버스를 잘못 타고

"어, 어쩐 일이야?"
명절 잘 보내라고?
"웬 명절?" 3월 중순인데
그녀는 당황하며 주말 잘 보내라는
말로 얼버무렸다
창밖을 바라보던 그녀
버스는 왜 이리로 가는 거지?
"13-1은 시내만 돌아요"
노선을 원망하며 투덜거렸다
"결국 갈 곳은 가요"
"아, 그래요"
3월 중순을 지나도 명절 인사를 하던 그녀의 목소리
처럼,
버스도 잘못 탔다
그녀는 외로웠나 보다
명절이 지난 줄도 모르고,
버스 노선도 모르고 올라탔다
그녀의 외로움, 따분함이

내 일인 것처럼 와닿는다

장조림을 까맣게 태우던 날이 떠오른다

행주를 삶다 불이 나기도 했었지

이런 일은 그녀만의 일이 아니다

나도 전철을 반대 방향에서 타고

내리기를 반복했다

사소한 실수들 속에서 어리둥절

삶은 이렇게 어리둥절한가

작은 실수들이 쌓여 가는 나날들

혼란과 미소가 뒤섞인 일상 속에서

너의 목소리가 들리면, 나는 조금 덜 외롭다

서투름 속에서도 함께 걷는 우리는,

작은 위로를 찾아간다

버스 노선을 헤매며, 태운 장조림을 다시 끓이듯

실수를 반복하는 삶 그렇게 우리는 늙어 가는 나무가

된다

3월이 지났는데도 명절 인사를 건넨

그녀의 모습은

어쩌면 나의 모습이었다

5부

신성

너뿐이겠냐

검은 옷을 입고
일생을 마칠 때까지
벗지 못하는 너의 예복
슬플 때, 기쁠 때도
예의를 지키는 너
화려할 필요가 없다는 듯
위풍당당한 까마귀들이
외양간 주변에서 넘실거린다
사냥보다는 남의 밥그릇 넘보는 너
기웃거리지 마라
숟가락 하나 얹어 놓으면
그뿐이라고 말하지 마라
검은 예복을 입은 너
외양간 먹이 기웃거리지 마라
꺄아악 꺄아악 울지 마라 당당해져라
소들도 배고프다

나무가 되고 싶다

벌거벗은 겨울나무에
나뭇잎인 양 고요하게 앉아,
손짓하지 않아도
애써 부르지 않아도
겨울나무에 내려앉는 새
홀로 서 있는 나무를 위해
감미로운 노래를 불러 준다
그 노래 벗이 되고
생명의 온기를 불어넣는다
갈 곳이 없는 나에게도
새들이 찾아온다면
어미 닭이 병아리를 품듯이,
인생의 사연들을 품어 주고 싶다
부르지 않아도 다가오는 새처럼
언제든지 맞이하는 나무가 되고 싶다

꿈에서 본 시

절벽에 걸린 가느다란 줄을 따라

오르고 내리기를 반복하며

다시 어두운 토굴에 발을 내딛자

깊은 물결 속 한 편의 시가 흘러가네

물에 잠긴 흐릿한 언어의 빛,

멀어지는 시어들을 붙잡으려

탁해진 물속을 헤매네

시간은 멀어지고,

강가에 드리운 산 그림자

먹물처럼 번져가며

서서히 두려움이 차오르네

낯선 웅성거림이 들려

잠시 귀 기울이면

언뜻 검은 그림자들이 스쳐 지나고,

어두운 산길 위 홀로 서 있는 나,

달빛마저 기울어져 버린 산속에서

깊은 적막 속,

뒤따르는 짙은 그림자와

바람에 실려 오는 낯선 속삭임이

어둠을 뚫고 귓가를 스치네

화초를 입양 보내고

어미 품에서 뚝 떼어낼 때
닭똥 같은 눈물이 눈가에 맺혔지
그 눈물을 애써 외면하고
새싹처럼 여린 너를
돌처럼 차가운 마음으로 외면했지
살점이 떨어져 나간 어미의 흔적에
옹이가 생겼고
나는 너를 아기처럼 돌보듯이 했지
바람이 불어도 흔들리지 않을 만큼
단단해졌고
너를 입양 보내기로 결정했을 때
내 팔이 떨어져 나가는 듯한 아픔을 느꼈지
너의 빈자리를 보고 또 보며
옹이진 상처가 아물기를 기다렸고
네가 있는 집을 몰래 들여다보며
자라는 모습을 지켜보았지

막막하다

육지 같은 섬에 슬픈 어린양 갇혔네
첩첩산중, 괴암 절벽, 삼켜 버릴 것 같은 강
구중궁궐 천만 리
노산대에 올라가 한양을 바라보는 것이
유일한 꿈이었네
삼켜 버릴 것 같은 강을 건널 수도 없고
철벽같은 괴암벽을 오를 수도 없네
짐승 소리 들려오는 밤이면
어린양 울면서 어미를 목메어 불렀겠지
바람 소리, 물소리에 귀 열어 놓고
부엉이처럼 긴— 긴 밤을 새웠으리라
비운의 단종 임금, 이름처럼 단종되었네
청령포 강물은 휘돌아 돌고
시퍼렇게 멍이 들었구나
600년 지난 세월 육지의 섬 길을
나도 따라가 보았네
그가 머물렀던 곳을 들여다보니
어린양은 오간 데 없는데

충절 소나무 변함없이 충성을 다하고

영원 같은 영월에 영원히 묻혔네

들판에 스며든 들깨 향기

들판에 들깨 털어내는 소리가 톡톡 울린다. 마치 오래된 시간들이 하나둘 흩어지는 듯, 작은 알들이 주머니 속에서 쏟아져 나오며 바람을 타고 퍼진다. 그 은은한 들깨 향기는 천천히 흙과 하늘 사이를 떠돈다. 농부들은 익숙한 동작으로 들깨를 털어내며 잠시 고개를 들어 하늘을 본다. 푸른 하늘 아래, 그들의 얼굴에는 가을 추수의 피곤함이 묻어 있지만, 미소에는 작은 성취의 흔적이 비친다. 한 해의 결실을 손에 쥔 사람들만이 알 수 있는 그 묘한 기쁨.

'들깨 농사는 쉬운 일이라며,' 농부들은 웃으며, 오랜 지혜를 되새긴다. 참깨는 나팔꽃이 필 때 수확해야 하고, 들깨는 이슬 맺힌 새벽에 털어야 한다는 그 말. 누구에게 배운 것도 아니건만, 몸으로 터득한 이 리듬은 자연이 가르친 법칙이기에 낯설지 않다. 농부들의 웃음은 마치 들깨 향처럼 바람에 실려 멀리 퍼져 나간다. 고단한 날 속에서도 그들은 이 순간을 기억한다. 웃을 때와 침묵할 때를 아는 사람들, 자연의 흐름 속에서 삶을 받아들이며 살아가는 이들의 모습은 마치

들판 그 자체와도 같다. 가을 들녘을 바라보며 시인은
한숨처럼 품고 있던 고민을 조용히 털어낸다. 바람에
실린 들깨 향처럼, 그의 마음도 어느새 가벼워진다.
농부들이 들깨를 털어내는 그 단순한 순간이, 마음속
무거운 짐을 스쳐 지나간다.

단어들의 반란

만찬장을 만신창이라 읽었다

만찬장을 만신창으로 만들고 싶은 맘 없는데,

시장 간다고 말했는데 시집간다고 묻는다

한 번 결혼도 순교자처럼 살았는데

시집간다고 묻는가!

글을 쓰는 지인에게 정진하라고 쓴다는 게

'정지'하라고 오타가 났다

진정으로 용기를 준 글이라 했는데 자격 없으니 '정지'

하라는 의미가 되었다

오타가 불러오는 '파급'은 '도미노'가 되었다

작가님이라고 존칭한다고 쓴 것이

'작자'라고 썼다

작가와 작자 '획' 하나 차이인데

'작자'라고 쓴 말은 욕 같다

"문자 보내요"라고 한다는 것이

"문제 보내요"라고 보냈다

문제는 나에게 있는데

누가 문제가 있다는 것도 모르는 문제

"밥 좀 주세요"라고 했는데

"밤이 어디 있어?"라고 말한다

듣기도 잘해야 하고

'획' 하나 빠뜨려도 안 되는 실수들

더하면 더 했지 줄어들지 않는다

시니피앙과 시니피에가 다른데

듣고 싶은 대로 듣는

시니피앙과 시니피에가 같을 수는 없겠지!

아! 그렇게 된다면…

만찬장이 만신창이가 되어 버리겠지!

미소

햇빛처럼 따사로운 어머니,

내 마음 어루만지며 위로해 주는 그분,

위로받고 사랑받고 싶은 마음,

양손을 벌리고 그믐달 같은 눈으로,

부드러운 미소로 나를 맞아 주네

아련한 기억 속에 당신의 모습,

어린 시절 내 곁에서 불러 주던 노래,

그 따뜻한 음성이 바람을 타고,

살포시 내 마음에 스며듭니다

당신을 통해 기쁨을 얻듯이,

나도 그런 사람이 되고 싶어요

무거운 짐 진 자 내게로 오라고,

당신 아들이 손짓하며 부르고

어둠 속에서 길을 잃은 나에게,

빛처럼 다가와 위로를 주는,

저의 상처를 감싸 안아 주시고

제 작은 기도가 당신께 닿기를

돌 하나 선택한다

돌무덤을 헤집는다
둥근 돌, 네모난 돌, 거친 돌
무게를 재고, 모양을 살핀다
너는 안 돼, 너무 거칠어
너도 안 돼, 너무 작아
돌들이 속삭인다
"내가 어때, 잘생겼니?"
나는 고개를 젓고
너를 뒤로 던진다
결국 반질반질 윤이 나는 돌
나를 부른다, "나 여기 있어"
오이지 속으로 쏙,
잠기듯 들어간다
완벽하지 않은 것들 속에서
내 손에 남은 단 하나
그 돌이, 오이지를 만든다

안개꽃 모자를 쓰고

흰 머리 감춘 안개꽃 모자 쓰고

카페에 들어서니,

미소 짓는 사람들 속에서

내 시선은 외면하고 싶어

모자 벗어 놓고,

사약 같은 커피 시킨 뒤,

미어캣처럼 주변 살핀다

세월이 주는 고독,

카페의 백수들과 다를 바 없다

모자 쓰거나, 벗거나 잠시의 비밀

검은 염색으로 변신하든

카멜레온처럼 바뀌는 세상 속에서,

나는 더 이상 숨지 않겠다

모자 훌렁 벗어 던지며,

진정한 나를 마주한다

스승이 있었다면

알베르 카뮈에게는 두 스승이 있었다지,
하나는 부모를 설득해 준 스승,
다른 하나는 글을 써 보라 권유한 스승
싱클레어가 악의 유혹에 빠졌을 때
막스 데미안이 수호천사가 되었다지
나에게도 데미안 같은 친구가 있었다면
길 잃고 방황하지 않았을 것
카뮈의 두 스승이 나에게도 있었다면
나도 글 쓰는 사람으로 성공했을까?
죽음이라는 유혹에 빠지지 않고
사춘기의 그림자를 떨쳐냈을까?
방황하던 내 사춘기,
죽음은 그림자처럼 내 곁에 머물렀고
어둠으로 나를 끌고 갔다
비빌 언덕 하나 없이 길에서 헤매며
강물에 비친 내 모습에 스스로 놀라기도 했지
인생길엔 좁은 문과 넓은 길이 있다지
좁은 길은 천국으로 이끄는 문이라 하건만,

나는 과연 어떤 길을 선택했던가?

길은 많기도 하고 없기도 하여

끝내 찾지 못한 내 길

돌아보니 나는 홀로 선 나무였네

아직도 아스라이 먼 길,

그 끝은 어디로 이어질까

빈 들에 홀로

비닐하우스는 철거되고
검은 비닐 더미는 석탄처럼 쌓이고
검은 독수리가 앙상한 가지에 앉아
굶주림을 노래하는가
빈 들판을 보니
어머니의 늙은 가슴이 떠오른다
모두를 품고 내어주다
이제는 말라 버린 그 젖가슴
왜 눈물이 날까
나는 무엇을 주었는가
비어 있는 들판처럼,
내 마음도 바싹 말랐다

남편이라는 내 편

없으면 안 되는 내 편
지나간 것은 돌아오지 않는다고
세끼를 챙겨 먹는 남자와
가뭄에 콩 나듯 먹는 여자와
한 지붕 아래 산다
한 끼도 거른 적 없는 남자
체중이 늘어난 적 없다고 하네
컴퓨터에 앉아 모니터를 보는 것이
그가 하는 일
오후 3시 30분이 퇴근 시간
묵직한 하루를 유지하는 남자
끼니를 건너뛰는 여자
훌라후프를 돌려도 체중은 그대로
같은 것보다 다른 것이 많은 부부,
뜨겁거나 차갑거나 둘 중 하나
나는 미지근한 물속에서 숨을 고르는 여자
없어서는 안 되는 남자,
막힌 곳을 뚫어주는 손길이 되어 주고

굳은 벽에 못을 박아 주는 사람

책장을 덮을 때, 유령처럼 다가와

안경을 벗겨 주고

잠들 때 전등을 꺼 주는

묵묵히 곁에 서는 천군만마 같은 내 편

당신과 나 사이에

벽

당신과 나 사이 벽

그 사이에 '과'라는 벽이 있다

언제부터였을까,

가까워지려 할 때마다 멀어지고,

따뜻한 온기가 느껴질 것 같을 때,

냉기가 밀려든다

보이지 않는 벽,

보일 듯하고 잡힐 듯하면서도,

손가락 사이로 빠져나가는 물처럼,

멀어지는 정

벽,

담쟁이넝쿨이 사랑하는 벽,

칡 나무가 기댈 곳을 찾아 나아가는 벽

있으면 좋고,

없으면 더 좋은

너와 나의 벽

너도 비에 젖고 나도 젖는다

장대비가 쏟아지고,
낭창낭창 늘어진 가지 위,
비에 젖은 참새들 그네를 탄다
참새도 머리 둘 곳 있다고 했지,
비에 젖은 풀들 낮게 눕고
잿빛 두루미 한 마리,
다리 밑에서 수문을 지키며 젖어 가고
마치 남의 글을 읽고,
절절한 시를 기다리는 내 모습 같다
물속을 응시하며 큰 물고기 기다리고
한눈팔지 않는 집중력,
오롯이 한 곳을 바라보는 너를 보고
너도 비에 젖고 나도 비에 젖었다
비는 여전히 내린다

나는 빛난다

후기

누구는 시라하고 누구는 시가 아니라고 하는데 나는
용감하게 시집을 냈다. 글은 그 사람이라고 하듯이 글
을 통해서 자신의 바닥이 보이기에 부끄럽다. 허술한
집일지도 모르겠다. 돌아보니 독서를 하고 글을 쓰는
일이 내게는 일인 양 했다. 책을 읽는 동안은 외로움
도, 소외도 견딜 수 있는 힘이 되었다. 부족한 나에게
책은 훌륭한 스승이었다. 시집을 출판해 주신 좋은 땅
출판사 직원들의 사랑과 친절에 감사드린다. 또한 시
를 알게 해 주신 이영춘 선생님께도 감사드린다.

모든 만남은
이별을 품는다

ⓒ 송이현, 2025

초판 1쇄 발행 2025년 2월 18일

지은이   송이현
펴낸이   이기봉
편집   좋은땅 편집팀
펴낸곳   도서출판 좋은땅
주소   서울특별시 마포구 양화로12길 26 지월드빌딩 (서교동 395-7)
전화   02)374-8616~7
팩스   02)374-8614
이메일   gworldbook@naver.com
홈페이지   www.g-world.co.kr

ISBN   979-11-388-3983-9 (03810)